à mon cher petit fils (arrière petit fils.)
Lucan, que j'embrasse tendrement —

mamie suzanne —

2, octobre 2014 —

Camille et la rentrée des classes

Dans quelques jours, c'est la rentrée des classes.
Camille va retrouver tous ses copains
et puis une nouvelle maîtresse.
– Ça va être super, je vais revoir Bérengère, Célestin,
Marie, Léa et Théodora.

– Est-ce que mon joli cartable tout neuf, tout beau est prêt ?
– Oui, tout sera prêt, répond maman en souriant.
– Dis, pour mes goûters, j'aimerais bien des biscuits au chocolat.
Mais pas ceux à l'orange : je ne les aime pas trop.
– Oui, ne t'inquiète pas. Je sais bien ce que tu aimes.

–Oh, je ne m'inquiète pas, je suis grande maintenant.
C'est Martin qui a un peu peur de la rentrée.
–C'est vrai, dit maman. Tante Nathalie est bien contente
que vous soyez dans la même école.
–Je m'occuperai bien de lui, c'est promis !
Oh ! Il ne faut pas que j'oublie Nounours.

Le jour de la rentrée,
même si ce n'est pas la première fois
qu'elle va à l'école, Camille serre bien
fort la main de sa maman.
De l'autre main, elle serre
Nounours sur son cœur.

Mais dès qu'elle voit Théodora, Corentin, Marie et Léa,
Camille embrasse vite maman et court vers ses amis.

Au même moment,
tante Nathalie
et oncle Guillaume
arrivent avec Martin,
qui se serre contre
sa maman.

Camille glisse sur le toboggan et, tout heureuse
de voir son cousin, court vers lui en criant.
—Martin ! Viens vite t'amuser avec moi !
Tu vas voir, ça va être super !

Le petit garçon hésite, puis timidement va vers Camille.

—J'ai un peu peur, dit-il tout bas à sa cousine.

—Ne t'inquiète pas, je suis avec toi, fait Camille, très fière de veiller sur Martin. Regarde, voilà Monica, ta maîtresse. Elle est drôlement gentille. Et puis elle ne se met jamais en colère.

Martin regarde la dame
qui s'avance vers lui.
—Bonjour, comment t'appelles-tu?
demande-t-elle gentiment.
—Il s'appelle Martin, dit Camille.

– Tu viens avec moi, Martin ? dit Monica en lui tendant la main.
Ne t'inquiète pas, tu reviendras jouer avec Camille. Je veux
juste te montrer ta classe. Pendant ce temps-là, Camille,
tu peux aller dire bonjour à ta nouvelle maîtresse.

Camille part avec ses amis
embrasser leur nouvelle
maîtresse, Isabelle.

−Bonjour les enfants, dit-elle.
Venez, je vais vous faire visiter votre classe.

Les enfants, un peu intimidés, rentrent sagement dans la classe et, là, découvrent plein de choses : des livres, des pots de crayons, de peinture, un coin avec des poupées, un autre avec des voitures, un autre avec des cubes.
– Vous pouvez jouer, dit Isabelle.

Tout en jouant, Camille pense à Martin.
« J'espère qu'il n'a pas peur, se dit-elle. »

À la récréation, elle retrouve son cousin.
–Alors ? Tu es content ? demande-t-elle.
–Oui, c'est drôlement bien. Il y a plein de jeux !
Je peux même jouer aux poupées, comme chez toi.

–Oh, zut! Maman m'a mis des goûters à la fraise!
–Hum! Ce sont nos préférés à Nounours et à moi!
–On échange? s'écrient-ils en même temps.

– C'est vraiment super, l'école ! font Camille et Martin
en mangeant l'un à côté de l'autre
avant d'aller rejoindre leurs copains.